Ye

DE LA PÉROUSE

ET

DUMONT-D'URVILLE,

ODE ÉLÉGIAQUE

Lue presque entière au Banquet des Anciens et Nouveaux Élèves de Juilly.

Par M. Hippolyte Lefebvre,

PROFESSEUR ÉMÉRITE DE CETTE ACADÉMIE ROYALE, L'UN DES PREMIERS CONSERVATEURS
DU PLUS NOBLE DEBRIS DE L'ORATOIRE.

PARIS.

IMPRIMERIE DE STAHL, QUAI NAPOLÉON, 21.

1844.

CAUSES ET CIRCONSTANCES

L'exposition récente des deux figures héroïques, dont peut s'honorer la stuaire française, a été la première cause de mon consentement à l'impression de ce lyrique hommage. Un motif d'un ordre encore plus élevé, plus social, était aussi entré dans ma résolution : c'était le dévoûment et l'énergique charité de ces humbles missionnaires, courant, sur les traces de nos circum-navigateurs, conquérir à la véritable foi, à la civilisation chrétienne jusqu'aux moindres tribus de la grande famille humaine. Le bruit d'une lutte assez étrange de politique internationale nous arriva tout à coup en Europe, d'un petit Archipel de l'Océanie comme une menace à la paix du monde. Ce résultat assez grave des prétentions orgueilleuses et de sourdes manœuvres du méthodisme contre nos prêtres catholiques, et même contre notre puissance militaire, m'a semblé devoir ajouter à la publication de mon poème un nouvel intérêt de circonstance; enfin le besoin si naturel, à une âme paternelle et toute française, de consacrer à d'héroïques enfants les chants de l'élégie lyrique, en semant quelques fleurs sur la tombe de plusieurs d'entre eux; ce besoin du cœur aurait suffi lui seul à ma détermination.

Cependant, j'avais songé plus d'une fois à pressentir l'effet de la publicité, en soumettant mon inspiration à la critique éclairée de juges compétents. Une réunion d'anciens et nouveaux élèves de Juilly eut lieu bientôt au Palais-Royal(*), pour le banquet annuel, dans une splendide galerie de Corazza, sous la présidence *par intérim* de celui-là même qui *cherchait des amis prompts à le censurer.*

Il se trouvait placé entre les doctes abbés Bautain et Level, tous deux membres d'une Société, qui saura nous adoucir et, nous l'espérons, faire cesser entièrement de trop longs et justes regrets; ils nous avaient amené quelques jeunes gens, sortis récemment de Juilly, modestes, bien élevés, preuve assez parlante de l'œuvre qui s'y continue. En nous faisant agréer ce *Spécimen* si intéressant de leur jeune famille, l'un des deux Sociétaires porta le toast le plus gracieux aux anciens pères et enfants de l'illustre maison. Il nous invita ensuite, avec une amabilité française et du meilleur goût, a retourner boire à la source même de l'eau de cette fontaine du parc de Juilly, dont un envoi au banquet épanouissait alors nos

(*) Le 20 janvier 1844.

plus chers souvenirs, de l'eau toute poétique de sainte Geneviève, reconnue, depuis des siècles, si salubre et si pure !

Le vieux président répondit à cette gracieuse invitation par quelques mots du cœur, et l'impromptu suivant :

J'irai, je redirai les vertus du saint lieu,
L'accord du citoyen et de l'homme de Dieu :
Le noble enseignement, la chrétienne culture,
L'active charité, la foi candide et pure ;
Cet esprit de famille et de fraternité,
Ordre, émulation, mais sans rivalité ;
Dans la sagesse même une sage mesure ;
Enfin, sous le pouvoir d'une conduite sûre,
Ce mot évangélique en sa réalité :
Où vit l'esprit de Dieu, là vit la liberté !

Dans la chaleur d'un assentiment unanime, la vieille Muse, entraînée par une sorte d'ivresse d'âme, comme il arrive aux enfants gâtés par trop d'affection, et sans doute aussi, je le confesse, par le fait d'une faiblesse quelque peu vaniteuse, la vieille Muse oublia tout net le sage dispositif du Réglement, qui interdit aux causeries ainsi qu'aux lectures du banquet de Juilly toute excursion politique. La récitation de l'Ode Elégiaque fut donc hasardée presque entière, c'est-à-dire à l'exception de deux ou trois strophes laissées en réserve par un reste d'hommage aux convenances. Toutefois, si la présidence, vivante expression du Réglement, a eu le tort de s'oublier elle-même en cédant le fauteuil à la Muse, patriote, il lui a paru qu'elle n'était pas trop désavouée, grâce sans doute à la bienveillance filiale de l'auditoire.... et puis, tout naturellement, et en face de ces jeunes élèves d'une si bonne école, devant d'anciens disciples, toujours familiarisés avec les poètes chers à leur jeune âge ; la Muse oratorienne pensa qu'elle pourrait trouver encore comme autrefois sa justification ou son excuse dans ce beau vers d'Horace, qui élève le poète à la dignité de moraliste-instituteur.

Os balbum pueri mores que poeta figurat.

DE LA PÉROUSE ET DUMONT-D'URVILLE.

ODE ÉLÉGIAQUE.

> Hélas! ne pouvant plus guider
> L'essor d'une héroïque flamme,
> Je me console à le chanter
> Les chants s'échappent de mon âme (*).

Justice et gloire à ma patrie,

Qui sait honorer à la fois

Et la belliqueuse industrie

Et les pacifiques exploits ;

Qui, rivale de la Tamise,

Avec elle ne rivalise

Que pour servir l'humanité.

Et dans ses durables conquêtes

Semer en face des tempêtes

L'Évangile et la Liberté!

(*) Extrait d'un poëme inédit : *Le Chant du Cygne*, adressé au brave commandant Desfeux, directeur du fort de Nogent, si regretté de son arme et de ses nombreux amis.

C.

Près de nous la rive africaine ,

L'effroi de tant de pavillons,

Sous le feu d'un nouveau Duquesne (*)

S'est ouverte à nos bataillons.

Là fuit ou cède le barbare.

Un grand avenir s'y prépare,

Non moins beau que sur d'autres bords

Où l'école de Bougainville,

Les La Pérouse, les d'Urville

Immortalisaient leurs efforts.

Hâtez-vous , savants Argonautes ;

Un autre héroïsme vous suit.

D'un peuple enfant les pieux hôtes

Vont percer sa trop longue nuit.

Si du méthodisme cupide ,

L'intérêt jaloux et sordide

N'y repousse leur chaste loi,

Toutes ces sauvages natures

S'anobliront aux clartés pures

Du dévoûment et de la foi.

(*) L'amiral Dupéré, ancien élève de Juilly.

Déjà, de quelques humbles temples

J'entends mugir les détracteurs.

Nous y portons d'autres exemples,

D'autres soins civilisateurs.

Ah ! que d'abord l'onction sainte

Pénètre la chrétienne enceinte ;

Et le travail aura son tour :

Mais libre autant que nécessaire;

Mais fécondé, chez l'insulaire,

D'un culte et de paix et d'amour.

Notre France sera fidèle

A ce religieux emploi.

Que je la vis touchante et belle

Quand, par l'organe de son roi,

Elle enchaînait son droit de guerre ; (*)

Du grand marin de l'Angleterre,

Proclamant la sécurité,

Elle opposait, aimable reine,

A l'égoïsme de la haîne

L'universelle charité !

(*) Lors de la guerre de l'indépendance américaine , la marine militaire de France avait reçu du roi Louis XVI l'ordre de respecter le
deux frégates de Cook.

Du jour qui doit sans doute éclore
Pour la liberté, pour la paix,
Ma muse a salué l'aurore,
Du jour où, fécond en bienfaits,
L'adversaire du monopole
Fera, de l'un et l'autre pôle,
Recouvrant les droits envahis,
Avec les vertus qu'elle enfante,
Régner l'équité triomphante,
Premier amour de mon pays.

O Cook, tes compagnons de gloire
Ont pu couronner ton destin,
Et d'un labeur cher à l'histoire
Ramener le dépôt lointain.
Mais, des travaux de La Pérouse,
Plus de vingt ans l'onde jalouse,
Nous laisse espérer le trésor;
Et plus de vingt ans sur la rive
Une autre Alcyône plaintive
Aux flots le réclamait encor.

Une bizarre destinée,

Propice au héros des combats (*)

Du voyageur, semble obstinée

A multiplier le trépas.

Sur ses amis pleins d'un beau zèle,

Par deux fois une mort nouvelle

Signale un désastre nouveau.

Lui-même enfin.... De ta victime,

Ah ! dis-nous, vaste et sombre abîme,

Dis-nous l'asyle ou le tombeau !

Qu'a-t-il vu sur des bords sauvages?

Lâche égoïsme et trahison...

Loin tous les rêves des faux sages,

Et dans son étroit horizon !

Cette absurde philosophie

Qui consacre, qui déifie

Une ignorante liberté :

Loin ces ingratitudes fières,

Impatientes des lumières

Et des vertus de la cité.

(*) Il avait été si heureux dans son expédition guerrière à la baie d'Hudson.

Il partait, ami des deux mondes.

Une auguste et savante main

De bienfaits, d'études profondes,

Lui traça ce noble chemin.....

Vaincu de Neptune et d'Eole,

L'infortuné !... Qu'il se console :

Son retour l'eût trop fait souffrir;

Pour l'honorer dans sa patrie,

Cette main royale et chérie,

Hélas ! ne pourrait plus s'ouvrir.

Mais en un deuil si légitime,

Pense-t-on qu'il eût déserté (*)

Ou trahi par un autre crime

Et la France et l'humanité ?

Non, non, jamais coupable trame

N'eût profané cette grande âme ;

Non, jamais sophisme imposteur,

Aux lois disputant la victoire,

N'eût fait encenser sa mémoire

Sur les autels du faux honneur.

(*) Ceci ne peut évidemment regarder nos intrépides et loyaux Ven-
déens, honorés par Napoléon lui-même, dans leurs veuves et leurs enfants. Quelle gloire touchante attachée à ces simples mots du vainqueur

J'ai, de sa course aventureuse,

Pleuré les deux premiers martyrs :

Leur fin précoce et généreuse

Attriste encore mes souvenirs.

Jeunes Laborde, aimables frères,

Pour fléchir les destins contraires

Mon vœu ne fut point accueilli ;

Alors qu'au seuil de la science

Rayonnait votre impatience

Sous les ombrages de Juilly.

Juilly, champêtre et beau gymnase,

Où s'annonce en d'heureux essais,

Pleins du feu pur qui les embrâse

Une élite de cœurs français ;

Si, vers tes classiques annales,

Des gloires noblement rivales,

Retournent bénir leur berceau,

Chêne ou laurier vient m'apparaître

Au loin tombé, songeant peut-être

Au sol qui le vit arbrisseau. (*)

mourant : *Grâce, grâce aux prisonniers !* Quel charme pour moi d'aller, dans mon prochain voyage en Bretagne, visiter en famille cette noble tombe!

(*) *Et dulces moriens reminiscitur argos.*   VIRG.

Dans son infatigable étude,

La Pérouse, aux portes du jour,

Dévoile à notre incertitude

De Jesso le double contour ;

Mais vers l'extrême Tartarie

En dessinant à sa patrie

Le promontoire hospitalier,

Troublé de quelque noir présage

Soupçonnait-il que son message

Fût pour la France le dernier ? (*)

De l'amphytrite hyperborée

Qui, dans un incessant courroux,

Bat le Japon et la Corée

D'un sceptre inquiet et jaloux,

Jusqu'à ces Archipels sinistres

Où de l'air les fougueux ministres

Vont emporter ses nobles jours,

Qui dira dans cette Byssée

Les tourments de sa pensée :

Lutter, craindre, espérer toujours.

(*) Ce message, contenant le récit d'une grande partie de l'expédition, fut apporté de la Sibérie en France par M. Leceps, digne père de notre consul à Barcelonne. *Fortes creantur fortibus !*

« France, a-t-il dit, toi que j'adore,

» Après le souverain des cieux,

» Du dévoûment dont je m'honore,

» Reçois les civiques adieux,

» D'une dictature éphémère

» Laissant la sanglante chimère

» Un riche avenir te soutient;

» La paix tient sa sœur embrassée;

» Le Trident cède au Caducée;

» Le plus beau sceptre t'appartient! »

De l'autre moitié de sa vie,

Sous nos yeux le flambeau s'éteint :

De maux sans nombre poursuivie,

Cédant au dernier qui l'atteint,

Modèle de foi conjugale,

Cette âme pure enfin s'exhale

Au sein d'un Dieu tant imploré;

Y va-t-elle inquiète et tendre

Ou pour rejoindre ou pour attendre

L'époux qu'elle a vingt ans pleuré?....

(*) La meilleure amie de madame de La Pérouse, madame Lallemand, qui m'honore aussi de son amitié, m'a donné sur elle les détails les plus exacts et les plus touchants.

La mesure n'est pas comblée,

De nos pertes ; de nos douleurs ;

Et ma muse longtemps voilée

A pressenti d'autres malheurs.

Un jour, (quel nouveau sacrifice

Me rattache à ce triste office,

La Pérouse !) une affreuse mort

T'adjoindra dans mon chant funèbre

L'explorateur non moins célèbre,

Qui révéla ton dernier sort.

De l'orageuse Océanie,

Le vois-tu qui sonde les flots !

Une parole de génie

Saisit au cœur ses matelots ;

Quelques débris de ton navire

Arrachés à l'humide empire

Par des bras prêts à tout oser,

Pour ces courages magnanimes,

Seront les dépouilles opimes,

Qu'au Louvre il viendra déposer.

C'est peu : le drapeau tutélaire

Ira couvrir, prompt à nos vœux,

De Gambier le groupe insulaire,

Où quelques prêtres généreux

Evangélisent le sauvage.

Du Christ, déjà sur ce rivage

Des néophytes sont acquis :

L'œuvre en cinq ans est consommée:

La peuplade ainsi transformée,

Tout l'Archipel était conquis.

Quelles moissons !... montrez les vôtres,

Vous, qui semez tant de faux bruits ;

Persécuteurs d'humbles d'apôtres, (*)

Vous aspirez à d'autres fruits !

Prédicants au regard farouche,

C'est l'intérêt seul qui vous touche...

L'orgueilleuse cupidité !

Culte sans foi ! triste et vain songe !

Vos ilotes, las du mensonge,

Cherchaient ailleurs la vérité.

(*) J'ai vu, à Paris, et reconnu le plus doux, le plus inoffensif des hom-
mes dans le jeune abbé Carette de Picpus, l'un des pieux conquérants
des îles Gambier et depuis violemment déporté de Taïti par le bon
M. Pritchart, qui fait tant de bruit dans ce monde.

Mais une voix inspiratrice

Renflamme et guide un docte élan ;

Il faut qu'il explore et franchisse

La conquête de Magellan ;

Il faut qu'une savante audace,

A travers ces géants de glace,

Qu'ont entassé d'affreux hivers,

Courre à quelque austral promontoire

Inscrire une immortelle gloire ;

Là même où finit l'univers (*).

Aux rocs flottants de l'Antarctique

A force d'art et de succès ,

Echappe-t-il ? Sa fin tragique

L'attend sur notre sol français ;

Une tourmente infranchissable

L'y dévore, méconnaissable

A ses vieux amis accourus

Du sort, voilà les jeux funestes !

Tels surgissent des corps célestes

Soudain dans l'ombre disparus.

(*) C'est l'imitation de l'inscription célèbre de notre poète Régnard au Cap Nord :

Sistimus hic tandem nobis ubi defuit orbis.

Un illustre exilé aurait pu l'y graver lui-même vers la fin du siècle dernier.

Jour néfaste, horrible souffrance !

Le même coup aura frappé

Ce docte enfant, son espérance,

Dans son linceul enveloppé,

O Dieu ! sa demeure dernière

Reçoit et le fils et la mère !

Une foi prompte à l'entourer (*)

Une gloire qui toujours brille,

C'est donc là toute sa famille

Pour lui survivre et le pleurer !

Alors la Parque meurtrière

Revint glacer d'un long effroi,

Tout Paris et la France entière :

Quel deuil pour le père et le roi !

Ah ! du moins ce modèle auguste

D'un premier né vaillant et juste,

S'il perd ce populaire appui,

Même en son double sacrifice,

Il retrouve le ciel propice,

En regardant autour de lui.

(*) Le pieux curé de Saint-Sulpice, à l'arrivée des victimes, courut suivi d'autres bons prêtres jetter l'eau sainte, avec des prières et des larmes sur les débris de cette famille.

Pour vous, La Pérouse et d'Urville,

Couple cher au savant marin,

Que plus d'une héroïque ville

Anime et le marbre et l'airain !

Qu'à votre gloire fraternelle

Une auréole digne d'elle

Rayonne et charme nos regrets ;

Et qu'un dernier chant de ma lyre

Chez nos neveux fasse redire

Vos noms, vos lauriers, vos cyprès !

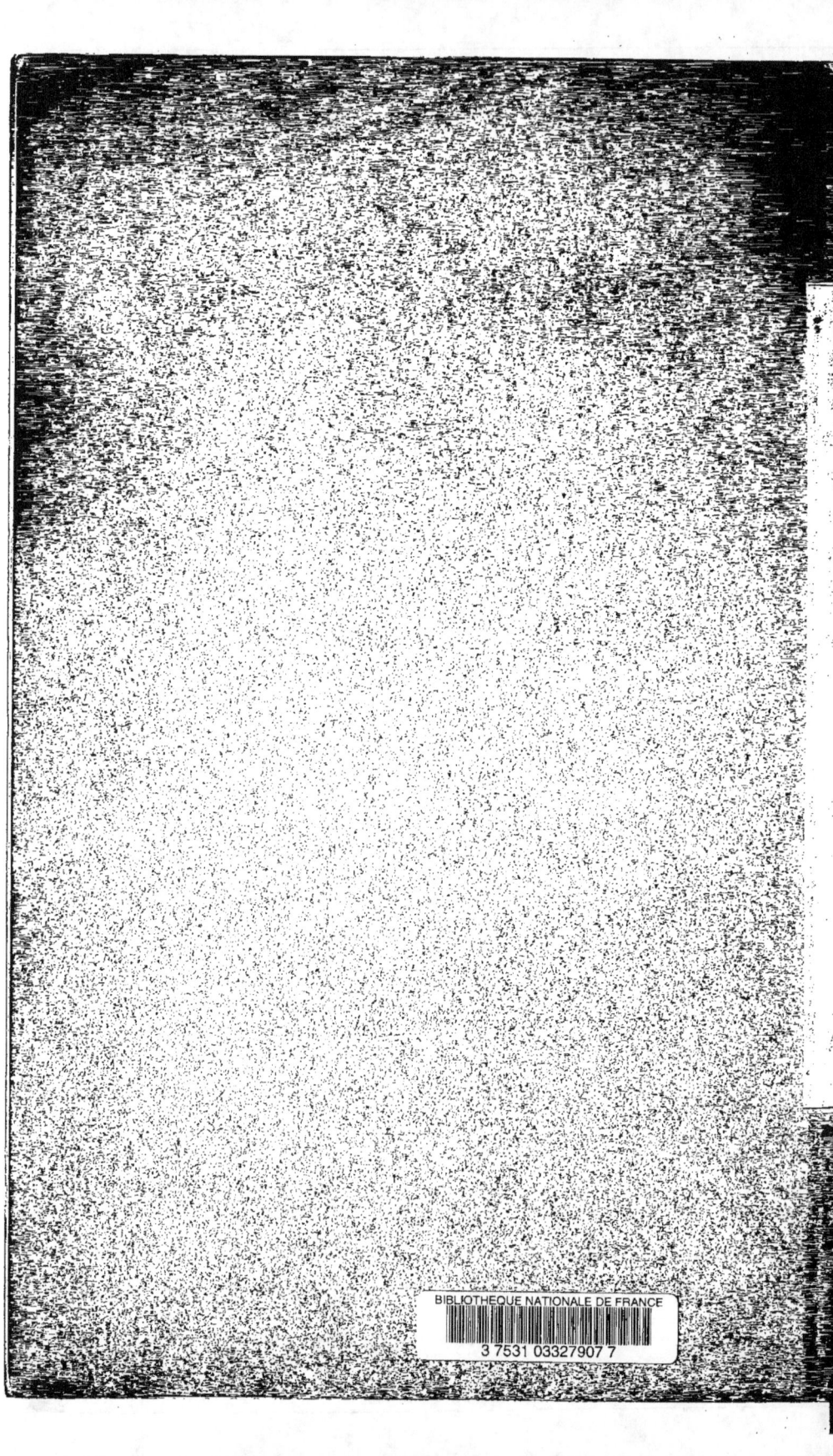

www.ingramcontent.com/pod-product-compliance
Lightning Source LLC
Chambersburg PA
CBHW061630180626
46818CB00005B/2306